그 산에 아다지오는 없다

| 안정라 시집 |

청어

그 산에 아다지오는 없다

안정라 지음

발행처 · 도서출판 **청어**
발행인 · 이영철
기　획 · 강보임 ㅣ 김흥순
영　업 · 이동호
편　집 · 김영신 ㅣ 방세화
디자인 · 오주연
제작부장 · 공병한
인　쇄 · 두리터

등　록 · 1999년 5월 3일(제22-1541호)

1판 1쇄 발행 · 2009년　8월 10일
1판 2쇄 발행 · 2009년 11월 20일

주소 · 서울시 서초구 서초동 1588-1 신성빌딩 A동 412호
대표전화 · 586-0477
팩시밀리 · 586-0478

블로그 · http://blog.naver.com/ppi20
E-mail · ppi20@hanmail.net
ISBN · 978-89-93563-42-9　(03810)

그 산에 아다지오는 없다

●

●

●

●

●

첫 시집을 내면서

사람들은 쉽게 말합니다.
글 속에 그 작가의 내면세계가 숨어있다고……

사람들의 외모나 성격이 모두 다르듯이
글 또한 작가의 개성과 성향에 따라 다를 것임에 틀림없습니다.

번잡한 시장에 널려져 있는 과일, 야채들이
생김새나 맛에 따라 구분 지어지듯이
글도 독자들의 가치관과 관념에 따라 평가의 기준이 달라질 것이며

산과 들, 하늘과 바다에서 빛을 보여주는 작가가 있는가 하면
때론 자연 속에서도 어둠을 보는, 은수자 같은 사람도 있을 것입니다.

밝고 어두운 것들로 글쓴이들을 평가한다면
어둠을 세상에 끌어내어 빛을 보고 싶어 하는 사람에게
다시금 그 어둠에 젖게 할 지 모릅니다.

이 책을 읽으며 무거운 마음이 생긴다면
아무렇지 않게 바람처럼 스쳐 보내주길 바라며,
설익은 졸작을 끝까지 일독해 주심에 감사드립니다.

안정라

c·o·n·t·e·n·t·s

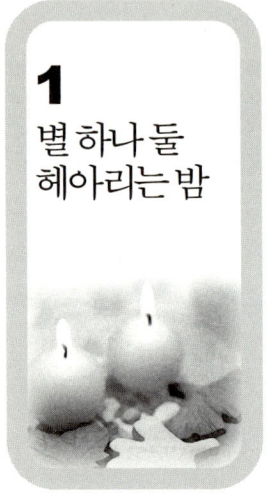

1
별 하나 둘 헤아리는 밤

2
하염없이 내리는 저 비는

· · · · · 그 산에 아다지오는 없다 ·

1
별 하나 둘
헤아리는 밤

귓가로 스치는 기억이
머리카락 사이에 머무는 날
속삭여 달라 했던가
바람을 사랑한다고

• • • • • 그 산에 아다지오는 없다

사월이 가기 전에

햇살 머금은 아침 꽃들과
어둠 스며든 해거름 푸새들이
되풀이되는 아침 설렘
그 찰나의 아쉬움 속에
하나의 명줄을 만들듯이
살아 있음을 느낄 수 있어
더없이 봄은 아름답다

화들짝 핀 상아빛
물들다 만 연분홍빛
힘겹게 겨울을 이겨낸 노란빛
아직도 수줍은 연보랏빛

사월이 가기 전에
반쯤 핀 목련꽃에다 지친 하루 풀어놓고
겨우내 비워 둔 가슴 가득히 연분홍 담아
이제는 외롭지 않을 사랑 나누며
바람에 흩어진 나뭇잎 사이에
한낮 오수午睡에 젖고 싶다

나를 삼킨 빛

솔잎 사이 햇살에 몸을 담그면
산 넘고 물 건너 지나온 길이 보인다

거기, 지난날 흔적들 속에
내가 버린 시간과 공간
우리들 어긋난 손길은
영원을 약속받지 못하여
외진 기슭에 숨어 버리고
이제 빛을 벗어나 산등성이에 이르니

한 손에 애완견 목줄을 잡고
핸드폰 하늘을 찍는 한 여인이
―꿩이 있어요
새삼스런 말이 아니지만
빛이 풍경을 삼켜 버려
기절해 버린 나

높은 산에서 도시를 내려다보면
나를 삼킨 빛이
거리에 널브러져 있을 뿐……

중독

어김없이 새벽 2시 반. 읽던 책 엎어두고 커피를 내린
다. 잠이 오지 않는 수많은 밤에 별이라도 볼 수 있으
면…… 유성을 바라보며 소원을 빌고 싶다. 문득 차
가운 기온에 소름이 돋는다. 열려진 베란다 창을 닫
고 14년이 된 환타색 불란서 수가 놓여진 커튼을 겹
겹이 쳐 바깥 소리를 막는다. 티브이 채널을 여기저
기 돌리다가 포도밭 사나이를 만났다. "나 니 사랑한
다." 세상이 나를 버린 것처럼 외로울 때, 소원하는
것을 이루어 가슴이 벅찰 때, 모두가 잠든 한밤 중 명
상집을 읽을 때, 세상이 깨어나지 않은 이른 아침 커
튼을 통해 햇살이 비칠 때 커피를 마신다. 중독이다.
기쁘거나 슬프거나 평안하거나 불행하거나 습관처럼
아무도 깨어있지 않은 밤마다 향초 켜고 숨죽인 공기
를 따라 움직이는 촛불을 바라보는 것, 새벽부터 또
다른 새벽까지 커피를 마시는 것, 아픈 기억을 되씹
으면서 또 다시 추억을 그리워하는 것…… 모두 중독
이다.

바다 한가운데 살고 싶다

애써 발걸음 내딛지 않아
낯설어도 풋풋한 들녘에 서서

성급히 다가오는 산등성이에
구름이 미끄러져 내려오면
그 위에 살포시 눕고 싶다

강 언덕을 거닐어
달빛 보듬을 수만 있다면

흐드러진 갈대숲에서
노랗고 하얀 푸새 엮어
머리에 성스레 얹고 싶다

오직 나만의 왕관을 쓰고
오직 나만의 세계에 누워

그 흔한 돛을 달지 않아도 되는
닻을 내리지 않아도 되는
바다 한가운데 살고 싶다

서리가 내린다

가진 것 없으니 욕심마저 없는
겨울 들녘
메마른 강 상류 한가로이
떠도는 오리들

기나긴 시간을 묻고
수많은 겁의 흔적 애써 감추며
차가운 땅 속에 묻힌

언젠가 모두 따라 누울 자리들
차창 틈새로 비집고 들어온
겨울 바람 등에 업고
서리가 내린다

친구에게 · 1
— 혜숙아

새벽안개 허옇게 내리는 소리가
창문 틈새로 들어와
어설픈 꿈 홀로 노니는 것을
더는 궁굴리지 않고

꿈마저 너를 밉게 굴었을까
사랑으로 뿜어낸 안개는
금세 검은 그림자 되어
멍으로 뭉쳐진 응어리로
다짐 없이 가슴에 맺히고

차 마시듯 새벽을 마시고
음악처럼 너를 취한다
이제 서로를 떼어 놓고
생각할 수 없는 새벽안개

친구에게 · 2
― 옥아

안개 타고 떠다니는 하얀 실상들이
산중턱 위로 고개를 들고
십오 층 아파트 창 너머 도시는
이따금 찾던 낯선 곳이 아니다

아침에 내린 비의 흔적이 유리창에 남고
나지막한 건물들이 서서히 안개 옷을 벗으면
태양 빛에 거침없이 번쩍이는
잊었던 고향 모습을
눈동자에 꾸역꾸역 새겨 넣는다

우정을 약속했던 친구여
이제 잠에서 깨어나
지치고 피곤한 몸으로 찾아든 나에게
옛날 너의 체온을 전해 주렴

저녁바람

빈 들녘 우는 소리
들어본 적 있나요

수줍게 숨어서 귓불을 스치고
머리카락 하나하나 휘파람 새겨

발끝으로 다가오는 틈에
긴 한숨 흩뿌리며

섬섬옥수 그리움 심고
홀연히 떠나가는 바람

저녁바람 우는 소리
들어본 적 있나요

소중한 꿈을

아쉬운 미소 머문
우리의 자취를 추적이며
내 마음 어쩌지 못한다

차가운 바람 스쳐간
이 계절을 견디려는
그대 마음 어쩌지 못한다

내 마음 빼앗긴
정신없이 화창한
한낮의 느낌이여

내 가슴 쏟아 부은
숨 막히도록 찬란한
한밤의 사랑이여

앙탈 부리고 애원하며
밤과 낮의 제단에 바치리라
우리의 소중한 꿈을……

하늘 뵈는 숲속에

오랜 친구 같은 그곳
하늘 뵈는 숲속에 머무르리

바다보다 믿음 깊고
하늘보다 진실 높은
황홀하고 아늑한 그곳에
무딘 가슴 맡기리

하늬바람 날개 달고
가녀린 미소 어느새
지난 설움 홀연히 배웅하여
가슴을 열었네

거울보다 더욱 정직하고
유리보다 훨씬 투명한
가슴 설레고 희망찬 그곳에
저린 가슴 비추리

오랜 소망 같은 그곳
하늘 뵈는 숲속에 머무르리

당신과 나의 미리내
— 칠월 칠석

어둠 끝으로부터 달려와
고속도로가 숨어버린 곳으로 이어지는
자동차 불빛들이 미리내 같습니다

내 안의 어린 아티스트가 그 행렬에 끼여
변하지 않는 시간을 실고 길을 떠나

뫼비우스의 띠*에서 영원을
피라밋에서 신비를
폴라리스에서 꿈을

하나의 미리내로 머물다가
유성처럼 지고 싶은 것인지도

아침과 함께 스며드는 희망과
밤의 적막을 안아보는 설렘은
당신과 나의 미리내로 남아있습니다

*뫼비우스의 띠 : 독일의 수학자 A.F.뫼비우스가 처음으로 제시하였기
때문에 '뫼비우스의 띠' 라고 한다. 좁고 긴 직사각형 종이를 180°(한 번)
꼬아서 끝을 붙인 면과 동일한 위상기하학적 성질을 가지는 곡면이다.

계절의 교차로

가을이 둥지를 튼 것이 엊그제 같은데
그 푸근함은 온데간데없고
'마지막 잎새' 의 계절에 서 있다

바바리코트 깃을 세우며
늘어뜨린 머플러에 스며든
낙엽 태우는 내음이
시가 향처럼 지독하다

아파트 단지 양편으로
은행나무와 단풍나무들이 다투어 벌이던
찬란했던 패션쇼는 또 다른 과거 속으로
홀연히 사라지고 있다

우뚝 섰던 의지
계절이 바뀌는 어설픈 순간을
못내 아쉬워하며 슬퍼할 뿐이다

삶에게

가까운 기억보다 먼 추억이 아른거리는 것은
우리 삶을 되돌아 볼 교차로에 서서
해가 바뀌어 시간에 쫓기면서도
어릴 적 생각들이 뇌리에 비춰지는 것

그만큼 늙어간다는 것일 게야

히말라야 산정을 향해 빙빙 돌아가는 나선형 길을
토머스 머튼*이 '칠층산' *이라고 했던가
얼마나 많은 날들을 그 도도한 나선형 시간 속을
고독하게 굽이굽이 돌아왔던가

늘 성급했거나 흐느적대던 나는
창의성 내지는 인생에 비유한
줄리아 카멜룬의 그 칠층산을 오르며
깊은 안도의 숨을 내쉰다

*토머스 머튼(Thomas Merton)과 『칠층산』 : 유명한 영문학자이자 문
학 평론가로 시를 쓰고 사랑과 재즈에 열광하던 토머스 머턴이 26세의
나이로 세상 모든 쾌락과 명성을 포기하고 트라피스트 수도원에서 일
생을 침묵과 노동으로 사는 수도자로 변신하기까지의 과정을 그린 심
금을 울리는 정직한 고백서.

운명

가을바람 나뭇잎의 흔들림
아쉬운 초록 연민 실어 마지막 사랑 나누고

철없이 무성했던 잎사귀들
태풍에 모두 떠나보내고
남아있는 것들 홀연히
운명에 무릎 꿇는다

여름날 젊은 여운 허풍떨며 끌어안고
연민은 옷깃사이 살포시
싱그러웠던 추억에 아둔하다

갈바람 작은 손짓
견디지 못하고 스러지는
가엾은 잎사귀 하나

별 하나 둘 헤아리는 날

귓가로 스치는 기억이
머리카락 사이에 머무는 날
속삭여 달라 했던가
바람을 사랑한다고

무심코 흘러가던 별이
속절없이 떨어지는 날
소원을 말하라 했던가
바람을 보내지 않겠다고

저린 가슴 펼쳐 놓고
별 하나 둘 헤아리는 날
꽃 피우라 했던가
바람을 향해 서서……

어둠을 위하여

해그름 태양이 내일을 꿈꾸고
수줍은 노을 완전히 사라지면
칠흑 언저리에 스치는 바람
한낮의 열정 잠재운다

흩어진 육신 조각을 주섬주섬 추슬러
기웃거리는 밤을 간신히 맞이하면
어느새 나는, 물 오른 나무로 우뚝 선다

더 이상 나를 유혹하지 못하는
갈증이 여전히 남아 있어도
차별하지 않고 태우리라
어둠을 위하여……

너무나 당당한 내가

무심코 불어오는 하늬바람에
하나 남은 잎사귀마저 잃고도
거센 폭풍우 나뭇가지 잘려도
아파하지 않았습니다

작은 눈송이 망막을 적시며
차가운 눈물로 흘러도
세찬 눈보라 쓴웃음마저 가져가도
울지 않았습니다

기어이 내 심장을 훔쳐버리고
안심하는 당신 얼굴에서
길을 잃었습니다
너무나 당당한 내가······

겨울이 겨울을

계절의 의미는 너무나 초라합니다
겨울이 겨울 같지 않음은
우리들 잘못 때문입니다

물질문명도 때론 허탈한 마음 되어
겨울을 그리워하고 있습니다
겨울이 겨울을 그리워하듯
그대의 사랑 안에서 사랑을 그리워하고 있습니다

그대의 마음을 다 가졌는데도
내가 그대이고 싶습니다
작은 문틈 사이 바람 불어와
그대의 숨결까지 전해줍니다

영원히 그대를 사랑하고 싶습니다
겨울이 겨울을 그리워하듯
그대 가슴 속에서 그대를……

한 톨의 씨앗을

눌어붙은 등을 겨우 고추 세우고
초조한 심장 소리 들으며
새벽 창가에 이르니 온통 회색뿐이다

찬란한 태양을 기다리다 못해
뼈저린 인내의 고름 짜내며
좁다란 내일의 고랑을 밟아본다

회색 산천 숨 쉬는 것 지켜보며
새벽을 걷는 여유를 가진 것은
그래도 다행이다

뿌리지 못하고 머뭇거려도
열매 맺을 씨 한 톨
손에 쥐어져 있는 아침

그 한 톨의 씨 뿌릴 수 있기를
얼마나 참았던가

가슴 저리도록

그대를 알기 이전 나는
죽은 사람이었습니다

힘들어도 힘든 얼굴을 그릴 수 없고
아파도 편히 쉴 수 없었습니다
가슴이 휑하니 쓸쓸했습니다

그대를 알게 된 지금 나는
살아있는 사람입니다

사랑을 받으면 따뜻하게 느낄 수 있고
사랑을 하면 속으로 전할 수 있습니다
가슴이 저리도록 뿌듯합니다

내 가슴에

내 가슴에 바위 있습니다
세파에 휩쓸릴 때마다
듬직한 자태로 지켜줍니다
혼돈인 줄 금세 알아채고서……

내 가슴에 나무 있습니다
바람에 흔들릴 때마다
무성한 잎으로 막아줍니다
좌절인 줄 금세 알아채고서……

내 가슴에 태양이 있습니다
구름에 가릴 때마다
화려한 빛으로 비춰줍니다
미움인 줄 금세 알아채고서……

가을 끝 수줍음

가녀린 단풍나무 가지 끝
아슬아슬 매달린 마른 잎사귀

찬바람 양수 속 살포시 잉태한
동백나무 가지마다 고개 내민 꽃봉오리

초라한 모습과 허탈한 웃음이
초저녁 희미한 달에 걸렸고

향수에 젖어든 발걸음 쫓아
거리를 배회하는 비련의 낙엽

가을 끝 수줍음이
겨울 문턱을 넘는다

2

하염없이
내리는
저 비는

지나온 날들을 갈망하고
가물거리는 기억을 소원하며
하염없이 내리는 저 비는
희미한 내일을 지우려는 눈물

· · · · · 그 산에 이다지오는 없다

내가 보이지 않는다

한밤 중 적막
적막은 촛불이다

촛불은 생각
생각은 존재다

존재는 지금
지금은 시詩이다

시詩는 글자
글자는 까맣다

까망은 암흑
암흑은 죽음이다

죽음 속에 내가 있다
보이지 않는……

한밤 중 커피를 내리다

좋아하는 싯귀 한 줄
제대로 읽을 수 없던 날
화려한 빨간 안경테
돋보기를 맞추었다

고즈넉한 상념이
새벽을 서성이던 어제는
눈물과 찐하게 포옹하고
돋보기 끼고서 어느 시인의 서정으로
쓸쓸함을 달래며
한밤 중 커피를 내린다

더욱 까만 어둠 속으로
질주한다
깨어있는 내가
보이지 않을 때까지……

나의 절반을 묻은 사연

할머니를 하관하던 날 나의 절반도 함께 묻었던 삼십
년 전, 무엇에 스스로 세상을 버렸을까…… 스물한
살에 홀로 되신 후 보슬비가 고향집 마당을 적실 때
마다 돌계단 서너 개 올라서서 비 구경하시고 진달래
꽃으로 장식한 문풍지가 보이는 툇마루에 걸터앉아
막걸리 한 잔 담배 하나 피우시며 홀로 비에 젖는 뜨
락이 당신 자신인 듯 바라보셨다. 그렇게 사십 년을
넘게 사셨는데 뒤늦게 아들 며느리 손주들 스스로 다
버리신 까닭이 있겠지 할머니가 스스로 세상을 버리
신 그날, 집에 당신 혼자가 아니고 함께 있는 나를 믿
으셨나 아니면 내가 있음을 개의치 않으셨나 그날 할
머니를 긴 잠에서 깨우지 못하고 함께 묻어야 했던
나의 절반을 아직 꺼내지 못하고 있으니……

미움을 미워하고 미움까지
— 눈雪

하늘이 열리고 바람을 잠재우더니
서서히 피부에 스며드는 차가움
물기 없는 손등에 조심스레
메마른 나뭇가지에 다정하게

하늘 위 어디쯤에서 태어나
살풀이로 넋을 빼앗고
이제 나에게 입혀주렴
태초의 선량한 옷을

사위듯 사라지는 것이 아쉬워
심장과 눈에 가득 담는다
하얀 고깔 쓰고 원삼 길게 늘어뜨린
소복의 무용수를 바라보듯 출렁인다

갈 곳 없어 퇴적된 갈등의 먼지와
미움을 미워하는 미움까지 감싸주고
이제 나에게 덮어주렴
어리석지 않을 베일을

가을 스케치

여름이 단아한 초록 세상을 준다면 가을은 다양한 색
감과 느낌을 받는 다채로움을 엿볼 수 있어서 좋습니
다. 높고 파란 하늘을 보며 힘껏 까치발로 구름을 잡
을 수 있고 알록달록 단풍을 가져와 고풍스런 옷을 지
어 입어보는 가을은 선뜻 치장하지 못했던 노랑과 다
홍에 대하여 너그러워지듯 첫사랑의 추억도 풋풋하게
그리워지는 계절입니다. 떨어지는 잎사귀들을 보면서
낙화암의 삼천궁녀가 생각나고 찬바람에 휑한 나뭇가
지를 보며 자식을 떠나보내는 가을은 가슴 한구석 싸
한 센티함도 주는 우리네 부모님의 외로움을 느끼며
슬퍼집니다. 여기저기 뒹구는 낙엽이 멋스럽게 느껴
지지만 낙엽을 치우는 환경미화원 표정과 마주치는
가을은 자꾸만 쓸쓸하고 고독합니다. 어긋난 고독을
느낄 수 있는 것은 노파심 때문이겠죠. 낙엽 태우는
소리와 낙엽 타는 냄새. 고서古書와 신서新書의 그 향
기를 함께 취할 수 있는 가을은 여행을 떠나고 싶은
계절입니다. 성숙한 창의성에 다가갈 수 있기 때문이
지요. 청아한 하늘을 덮고 낙엽을 베고 누워 그윽한
세레나데를 들으며 소박한 아티스트 데이트를 하고
싶습니다.

창 안

창문만 보이는
감옥 같은 아파트를 뒤로
한 발자국만 걸어도
명일동 공기가 싱그럽다

천근만근 무거운 발을
지하철 속으로 모두 옮기면
창 밖에서 느끼던
창 안의 미운 내가 보인다

어차피 돌아가야 할 곳이고
일단 창 안으로 돌아가면
창 안의 나는
창 밖의 나를 잊기 때문일까

지하철을 한 번 갈아타는 동안
졸거나 문자를 두드리거나
신문을 보는 사람들을 바라보면
어느새 시청역에 이르고
창 안의 나는 없다

돌아갈 수밖에 없는 그 곳으로
돌아가지 않아도 되는 날
모든 짐 다 벗어 버리리라

수줍은 밀회

여름을 빼앗긴 단풍나무 가지 끝에
아슬아슬 매달린 잎사귀

찬바람 양수 속 살포시 잉태하고
고개 내민 동백나무 꽃봉오리

까칠한 얼굴에 쓸쓸한 미소를 덧칠한
초저녁 하늘에 걸린 달그림자에 숨는다

향수에 젖어드는 발걸음 쫓아
거리를 뒹구는 낙엽도

가을의 끝자락, 겨울 문턱에서
그것들은 모두 수줍음이다

한 방울이면 되는 걸

메말라 갈라진 가슴에
한 방울이면 되는 걸
그게 욕심이라고 누가 말할까

미친 사람이 따로 없지
모두 우산 들고 걷는데
우두커니 서서 비 맞으면
그게 바로 미친 짓이겠지

기름끼 없는 맨살로
가랑비 맞고 싶어서
슬리퍼 끌고 정신없이 걷는다

하늘, 그리고 나

엊저녁 먹구름이 밤사이 몰래 뿌린 비. 가을로 가는 길목을 촉촉하게 적셨고 오늘도 잔뜩 찌푸린 날씨는 바람까지 몰고 와 청명한 하늘을 삼켜버렸다. 바뀌지 않는 불편한 마음을 책갈피에 접고서 아파트를 나섰다. 아티스트 데이트. 단풍잎 몇 장을 책갈피에 끼웠다. 어린 시절 기억을 애써 떠올리며…… 그런 내가 이상해 보였을까. 사람들이 모두 쳐다본다. 마치 정신 이상자 바라보듯이…… 서울의 자연은 너무 많이 멍들어 있다. 이미 자연의 순수함을 잃고 어지럽다. 소독약으로 인해 벌레 먹은 단풍잎이 없다는 것이 슬픔이고, 도시의 길에서 예쁜 돌 찾기는 쉽지 않으니 겨우 겨우 발견한 돌에 시멘트 횟가루가 묻어 있었다. 도시의 자연은 잘 다스려진 고문이다. 하늘, 그리고 나. 모두 잿빛이다.

하염없이 내리는 저 비는

나약한 오늘 때문에
생각을 담지 못하고
어설픈 가슴 옥죄이고
예리한 시선과 흔들리는 몸짓을
잃어버린 시간이 애통하다

새장 안에 갇혀 창공을 꿈꾸며
날개 짓 하는 새처럼
어항에서 깊은 바다 그리워
짧은 물살을 그리는 물고기처럼

지나온 날들을 갈망하고
가물거리는 기억을 소원하며
하염없이 내리는 저 비는
희미한 내일을 지우려는 눈물

어디로 가야 하나
— Donde Voy*

별들이 속삭이는 밤
심장 한가운데 구멍이 뚫린다

지루한 과거를 쫓는 갈매기의 한숨
너울너울 날갯짓하며
스치는 한 줄기 여운마저
뿌연 착각 등에 업고
저주하는 평화로움

화폭에 덧칠한 수많은 순간
어제 시들어간 가녀린 이파리들
생명이 다하는 허무로 무지를 잠재우고
수많은 영혼이 방황하는 거리로
어설픈 외로움이 나를 부르면

베일에 가려진 우리의 에트랑제
흥얼거리며 걷는 돈데 보이

*돈데 보이(Donde Voy) : 막막한 사막에 가로 막힌 국경을 넘어 미국으로
탈출하는 멕시코 인들의 애절한 탈출기를 노래

바라는 바가

그냥 대수로이
무심코 지나치다
소중히 가슴을 파고들어
눈 이슬 볼에 흘러
더운 살갗 차끈해지면

애틋함에 젖어있는 것일까
열병을 앓고 있는 것일까

목마름이 미지근한 당신을
힘들게 하였건만
그럴 때마다 받아주며
내 그림자 등에 업고 있었지

이제는 당신의 아픔까지
벅찬 마음으로 사랑하게 되어
부족하고 초라한 그리움이라도
따뜻하게 전해졌으면……

절망을 쉬고 싶다

질척거리며 걷는 몸둥아리
하늘 구석에 혼자 쪼그리고

주체 못할 원망을 숨길 수 있어
참 좋다고 안심하다가

어두움에 떨리는 가슴
보이지 않는 미련을 파헤치며

숨통이 끊어질 듯 저리도록
너무 아파 울다가

그리운 눈동자에 숨어있는
이름 없는 별 하나하나

지친 영혼 담그면
잠시 쉴 수 있겠지

미망의 시간에서

무거운 눈꺼풀을 어려이 치켜뜨고 맨발로 베란다에
선다. 차라리 발바닥에 흐르는 차가움이 괜찮다. 하
늘은 오래 전에 아침노을을 향해 다가가고 이제는 밤
하늘이 아니다. 허허한 머리 위에 내 자화상을 닮은
별 하나, 어둠 속에 숨지 못하고 쪼그린 채 눈만 깜빡
거린다. 오늘도 무더위는 계속 되려나. 새벽부터 매
미 한 마리 무성한 나뭇가지에서 목 타게 누군가를
부르고 있다. 초라한 별, 안쓰런 매미소리. 별의 흔적
은 보이지 않고 점점 매미소리만 요란하다.

낮잠의 소묘

불안이 안방 깊숙이
침대 끄트머리에 걸터앉아
시린 발 부추긴다
눈동자 머무는 곳 어디인가
그것이 담아 온 것은 무엇인가

가슴 저며 오는 아득한 어제
흐느적이는 상념이
또 다른 이정표의 막차를 타고
검은 휘장 뒤 어둠을 찾아
떠도는 추억의 어지럼에
작별을 고하고 싶다

잠시 숨을 멈추고
눈앞에서 물결치는 은하수를
애써 외면하면서
젊은 날의 아쉬움에
눈을 감고 또 감고
지금을 비운다면

지친 시선 쉬게 할 수 있을까
저린 가슴 쉬게 할 수 있을까
너무나 화창한 날
어쩔 수 없이 시린 발
솜이불 덮고서……

할머니의 감자

무심코 바라본 들녘에
머리수건 두르고
햇살에 반쯤 감긴 눈으로
땀을 닦으시는 할머니

아득한 세월 따라 가신 줄 알았는데
버려진 기억 속으로 사라진 줄 알았는데

불현듯이 야산 기슭에
옛 모습 그대로
호미로 캐낸 감자알을 움켜쥐고
흡족해 하시던 할머니

지금 나는 40년 전 할머니가 삶아주신
분이 곱게 나온 그 맛에 젖어든다

크리야·1

현실에서 비켜 서 있는 낯선 세계와의 데이트. 그렇게 또 다른 세계를 만들어 가는 앙증맞은 버릇이 생겼다. 이제 내 것이 아닐 것 같은 이 땅에 발을 담글 가치가 있는 지…… 위험을 감수하고 응한 한계까지도 철저히 극복할 수 있을지…… 소극적인 생각들을 헤치고 애절한 그림자 아티스트를 몰아내야할 것이다. 조금은 가치가 있다고 생각되어지는 것에 남은 생을 걸어보는 것 그 미지수에 도전하고 응전을 받아보는 것. 힘겨운 제스처는 잠자고 있는 나의 창작성을 시험해 보는 것일지도 모른다. 선택의 폭도 넓히고 위험까지도 감수한다. 나에 대한 믿음과 사랑을 아낌없이 생성해서 한계를 넓히고 도전해 볼만한 일을 선택하여 과감히 감행할 자신감을 키우리라. 익숙하지 않거나 전혀 생각하지도 않았던 세상은 새로운 창조성을 잉태시키고 또 다른 시간과 공간 속으로의 외로운 도전을 시도한다.

크리야·2

창조성이 막혀 끝없는 정신적 불안 상태가 계속되더니
글자로써 그려보는 시 한 줄이 길을 잃고 창조적 아티
스트가 되는 길이 아득하게 느껴져 글쓰기를 포기하려
고 했다. 무던히 아프지 않으려고 몰려오는 공허를 억
지로 사랑하기도 하고 위태로운 불안과 싸우기도……
두려움은 내 안의 본성을 이기지 못했다. 술이란 차단
제로 하여금 나의 심신을 살릴 수 없음을 깨닫고 이내
내 안의 나를 훔치기 시작했으나 여전히 나의 글은 호
흡을 멈추고 흩어져 사라지고 남겨진 미련마저 내 안의
창조성을 의심한다.

오랜만에 평화롭다

그림자 한 뼘이
마루바닥 길게 누운 오후

〈하얀 집〉 커피향이
옷깃에 살포시 스며들고
숨겨둔 수줍음마저 삼켜버린 태양이
부끄러워 이내 달아오른 얼굴

이 계절의 시작 속에
참으로 오랜만에 평화롭다
눈 감아도 들켜버린 사랑
숙연한 운명으로 껴안으며……

가을비는 다시금 젖는다

남몰래 찾아 온 수줍은 가을비
철없는 슬픔 시나브로 사위고
나약한 오늘의 웃음 담지 못하는
어눌한 마음 어루만지네

예민하기만 하던 지난날들의 시선
떨쳐버려야 할 불협화음
하늘을 꿈꾸는 한 마리 새처럼
바다를 그리워하는 수족관 물고기처럼

내일을 향한 자닝함이 어제의 목마름 삼키어
어설픈 가슴으로 오늘을 딛고 일어서면
촉촉한 대지 위 들풀의 소박한 갈채 받으며
가을비는 다시금 계절에 젖는다

파랑새가 그립다

시작은 산뜻하다
톡톡 튕기는 피아노 스타카토처럼
늘 밝고 청아하다

익숙함이 신선함을 갉아먹다
처음은 서서히 퇴색되고
뛰던 가슴 질척거리면
결국 심장이 멈춘다

홀로 슬프고 가슴 저려
흐느적 사위어 버릴지
기대고 부비다 상처를 입을지

억울한 서러움을 녹여주고
같은 무늬로 함께 어우러져
어리석음이 드러나지 않을
파랑새가 그립다

잼처

가을 벗 삼은 바람이
가지마다 술렁거리며
빼곡한 잎사귀 손 내밀어
지난 날 사랑가 부르는데

탁자 위에 가녀린 촛불
설움에 눈물 흐르고
덩달아 베갯잇 적시는
과거 속의 자화상

사그라지는 마음에
남았던 작은 두려움 부으면
잼처 불꽃 훨훨 태워
심을 수 있을까, 그대 심장에……

작고 슬픈 응고는 말한다

겨울날 아침 가느다란 나뭇가지 끝에
슬픔 담고 매달린 얼음방울
작은 몸짓이 주는 의미는
삶의 의연함인가

한 여름 올케를 잃고
엊그제 친구를 잃어
산다는 것에 진지하라고
좀 더 겸손하라고

분주함 때문에 홀로 외로이
눈물 되어 사라진다 해도
또 다른 밤이 찾아와 새벽이 오면
눈물은 마르고

올케와 친구가 다하지 못한
생명의 소중함을 심장 깊숙이
나뭇가지마다 아쉬움 간직한다고
작고 슬픈 응고는 말한다

난 그대의 바람일 뿐

나를 향한 그대의 호기심과
나와 마주친 그대의 시선도
스쳐 지나가면 모두 바람

소박한 꽃내음 그윽한 자태의 백합도
감미로운 향기 화려한 색깔의 장미도
그대 구석구석 허무한 상처만 주고는
다독거림 없이 돌아설 고약한 가시 꽃

가시 속에 숨겨진 수줍음을 캐려 하지 말고
속임수 가득한 아픔을 알려고도 말며
그대가 아무리 가시를 어찌하려 해도
당신이기에 돋아난 것을 없앨 수 없으리

나 영원한 가시꽃
그대 한가한 나그네일 뿐
할퀴고 돌아 설 여인을 외면하여
남겨질 허무함을 먼저 훔쳐보고

한 눈 팔지 말고 오던 길 돌아 서서
무심한 날 그냥 스쳐지나
뒤돌아보지 마세요
난 그대의 바람일 뿐……

내 안에서 사라지도록

마음을 비워야지
미련을 버려야지

마음을 비우고 미련을 버리고
흐르는 강물도 막지 말아야지

어제와 다른 오늘에 그대를
어제의 그대로 비판하지 말아야지

어제와 다른 오늘에 고독을
오독오독 깨물어 먹고 말리라

입 안을 다 펄세 만들기 전에
이내 삼켜 배설하리라

내 안에서 사라지도록

3
토라진
겨울 하늘
끝에서

식탁 옆 문갑 위로 내몰려진
영혼들이 두 뼘이나
널브러져 있고
한 여름 개처럼 혀를 내밀며
책갈피를 토해낸 책이
버린 나를 비웃는다

· · · · · 그 산에 아다지오는 없다

소금 기둥

나와 너를 어둠에 가두고
별이 반짝이지 않는다고
얼마나 네 가슴을 할퀴었던가

그러는 내 가슴은
여지없이 흩어져
미아로 떠돌아다니고

잠시 반짝이던 별 하나
너에 대한 모든 것들이
서서히 기억에서 사그라질 때

쓰디쓴 내 폐부 한가운데
여직 소금 기둥으로 남아있는가

그 산에 아다지오는 없다

바위는 남자 나뭇잎은 여자
어느 연로한 가수의 노랫말을 떠올리며
관악산 바위와 나뭇잎을 보듬는다
올라가서 느낄 수 있을 무위無爲일까

노랗고 붉게 물들어 가는 산山
자연의 냄새보다 인간의 땀 냄새로 뒤범벅
오르고 또 오르고 비로소
사랑할 수 있는 까닭에서인가
더 높이를 부르짖으며
해발의 숫자를 키우려는
고독한 욕망이 산을 오른다

뒹구는 낙엽에서 아다지오*를 느끼고 싶어서였을까

알비노니*의 사랑을 느끼고 싶은
부질없는 핑계로
산이 불러서가 아니고
스스로 찾아 나섰다
그러나 그곳에는 지치고 지친

토정吐情만이 시름겨워
낮은 곳으로 발걸음을 돌렸다

자연을 탓하지 마라
부담을 벗으려는 가을나무를 닮은
우리 인간의 탓이니……

*아디지오(Adagio) : 악보에서 빠르기를 자시하는 말. '아주 느리게' 의 뜻
*알비노니(Tomaso Giovanni Albinoni, 1671. 8. 14~1751. 1. 17) : 이탈
리아의 작곡가로 오늘날까지 널리 감상되는 9권의 기악곡집을 남겼다.

집으로 가는 길

지하철 플랫홈을 지나
생각 한 번 나 한 번
속셈으로
가위 바위 보

언젠가 짐이란 것을
덜어냈다고 여겼는데
등에 지어볼까
머리에 이어볼까
발걸음의 무게는 여상如常하고

계단 위로 올라와
우면산을 바라보다
주저앉은 생각을 꼬드겨
터벅터벅 걷는다

아직도 제자리걸음
고개를 숙인 생각에게 묻는다
무거운 발걸음으로
길바닥만 보며 걷는 까닭을……

보슬비 내리는 날

차라리 차라리
한여름 소나기라면
가슴이 저리지 않겠지
움푹 패인 웅덩이에 갇혀서
아무도 듣지 못하게 꺼이꺼이 울어버릴까

언제나 그렇듯 봄비는
차가운 심장의 틈으로 스며들어
서서히 동맥의 둑을 무너뜨리고
아무 일 없던 것처럼 사라지므로

어차피 비가 될 눈물이라면
구태여 서러운 눈물이 될 비라면
겹겹이 동여맨 허울을 벗어버리고
온몸 흠뻑 맞으리라

보슬비 이렇게 내리는 날
쓸쓸하고 외로운 당신과 내가
울고 있는 것이다

은수자

불안이 몰려오는 무의식에서
어둠은 어둠을 먹으며 스스로 낮게 하고
아침이면 미련 없이 사라진다

밤은 무섭고 간사하지만
어둠의 한 가운데에서 그렇게
자신에게 솔직할 수 있는 시간이 있을까

밤하늘의 별은 실체이면서
날개 돋친 환상으로
무서운 혼잡을 가져올 수 있으며

인간이 어디에서 왔는지
생명은 어떻게 생겨났는지
모든 물체의 뿌리를 캐본다

내 안을 바라본다
밤에 밤이 할 수 있는 것
자신을 사랑하고 배신하고
은수자*처럼 밤을 키우면서……

*은수자(隱修者) : 은둔 생활을 하면서 수도하는 사람

향을 피우는 까닭

향을 피운다
새벽 2시로 향하는
시침 끝에 닿은 연기가
잠시 멈추더니
심지어 분침에 찔려
여운을 남기고 사라진다

향에 취해서인지
연기가 매워서인지
휑한 가슴 한가운데
여전히 찰거머리처럼 달라붙어
미련을 도려내는 아픔

향을 피운다
눈과 심장에 비가 내린다
아름답기만 했던 어둠
무섭고 두렵다
눈과 가슴에 흘러내린
피눈물이 마를 때까지……

둑이 무너지는 소리

살아있는 자가
여기저기 흔적을 남기는가 하면
죽은 자는 그림자까지도
솔 없이 삼킨다

한 줄의 글도 쓰지 못한 채
망령들이 배회하는
칠흑 밤을 마시듯
커피를 마시는 나도 죽은 자

어느 새 생각이 뒷걸음질 쳐
죽은 자가 살아 있었던 그 날에
살아있는 자로 대화를 시작하면 비로소
어둠의 둑이 무너지는 소리가 들린다

거세게 휩싸이는 어둠 속에서
무심코 그립고
때때로 원망스러운
죽은 자와 산책을 나선다

기억 속으로 화분 하나를

유리창에 하루가 저물다
어두워지는 창문을 열고
갇혔던 침묵이 서둘러 외출을 하면
더 이상 침묵은 아니다

바람 불어 시린 발목을
다른 발로 번갈아 문지르다가
베란다에 쪼그리고 앉아있는 화분
홍콩야자가 눈동자에 박힌다

명찰만한 플라스틱 팻말에는
홍콩야자, 물은 주 1회
내 화분이었지
11월 생일에 배달되어 온……

침묵은 무관심을 낳고
무관심은 기억을 훔쳐가듯이
해마다 사라지는 기억 속으로
화분 하나를 더한다

내겐 의자가 없다

밤 사슬에 묶인 어둠이
새벽 기지개에 놀라
안개 속에 숨고

지구 저편 햇살
온 몸 힘겹게 일으켜
수줍은 것들에 용기를 주면

뿌연 안개 속에 피어나는
작은 생명 하나 둘

이름 없는 풀포기 하나
여명의 축복 받으며 탄생하는데

지친 이 몸 그 어디에
쉴 곳이 없네

숨 막히도록 화려한 아침을

눈부신 가을 아침
블라인드를 타고 오르는 햇살이
환타 빛 커튼에 스며들어
방 안 가득 출렁거리고

한밤이 두려운 영혼을 늪으로
질척질척 끌고 들어가면
한낮이 살갗의 핏줄 건드려
숨구멍까지 발가벗긴다

어둠이 싫었던 처절한 몸부림
참아내며 소리 지운 숨통이
이제는 힘차게 움직일 수 있을까

밤새도록 잉태한 갈등을 토한
산고의 고통은 이미 사라지고
다시금 새롭게 맞이하고 있다
숨 막히도록 화려한 아침을……

양송이 볶음과 빈 집

해가 지면 노을이 배꼽까지 스며들어
붉은 노을로 허기를 채운다

금요일이면 허기를 느낀다
질척거리며 슈퍼마켓으로 간다
값 싼 양송이 담고 양파 담는다

하지만 남편은 집에 없다
비어있는 집이 이유인가

해 넘어가는 저녁이면 집도 허기가 져
작고 허술해 보인다
양송이 썰어 넣고 당근 썰고 양파 썰고

집안 가득 볶는 소리 채워놓고 나면
그제야 남편도 식구 되어 있다

내 앞에 있습니다

아파트 앞 뜨락에
나를 향해 서 있는
저 나무는 당신처럼 늘
내 앞에 있습니다

살갗에 솟는 땀방울을
무성한 잎사귀 바람 속에 잠재운
한여름 태양의 끈적임

심장에 열린 고드름
소리 없는 나뭇가지 바람 속에 숨는
한겨울 얼어붙은 쓸쓸함

베란다 창 너머
언제나 나를 부르며 서있는
저 나무는 당신처럼 늘
내 앞에 있습니다

거만한 슬픔까지

두려움을 꼭 쥔 손
내 향기 영원히 가지고 싶다며
마그마를 토하는 활화산이 되어
손가락 하나하나 펴주고

가식으로 잔에 나를 채워 간
무질서한 비바람
헤아릴 수 없는 갈등의 늪에서도
늘 묵언하며 견디는
모습을 보여 주었다

넘쳐흐르게 잔에 채웠던
당신의 후덕함에 지금도
쉬게 하고 싶다
철없는 그림자를

목마름을 풀어 달라고 보채는
당신의 웃음 속에 아직도
잠재우고 싶다
거만한 슬픔까지……

단순함을 위하여

외곬으로 숫되게 살라 한다
복잡한 웅덩이에 팽개쳐 놓고
꾸밈없이 사다리를 오르라 한다

복잡함이 단순함을 집어 삼켜
내 안의 온갖 오욕까지 되새김질 시킨다

쏟아지는 빗물에 먼지 씻겨내리 듯
빗물에 젖고 싶은데

부글거리는 질시를 씹지 않고
미련 없이 뱉는 연습도 하고

단순함이 복잡함을 삼키지 않고도
툭툭 뱉어낼 수 있는 날
홀지게 살 수 있을지……

쓴웃음 지으며

수면 반지레한 바다에
나 자신을 던진다
손이 저리도록 독하게
주먹을 꼭 쥐고서

잔잔한 물이랑이 이내
성난 짐승으로 변하여
버린 것을 다시 안겨준다
거품을 물고 달려와서

파도는 괜찮다 외치지만
미련은 물먹은 솜뭉치
오히려 더 무겁게 어깨에 얹었다
쓴웃음을 지으며……

할퀴고 또 할퀴는

갇힌 공간에서 더 이상 벗어날 수 없어서, 산소가 부
족해서 죽어가는 새처럼 내 호흡도 순간 탁 끊긴다.
까만 밤을 하얗게 지새우는 시인처럼 창작성은 점점
막혀 공백을 메울 수가 없다. 도무지 없다. 가슴이 시
려오는 것이 삶의 회한이라면 눈물이 메마르는 것은
갈등에 대한 결말이리라. 골 깊은 어제를 강하게 내
몰고 오늘 바라는 것이 없기에 기대도 없다. 도무지
없다. 이제는 모든 것에 대항할 힘조차 없고 밤에 들
려오는 선율은 차라리 어렴풋한 구원이다.

마농의 샘*

하루 몇 번씩 펑펑 샘솟는
마르지 않는 미움이
슬프지 않고 흘러내리는 시간이
질투로 균열된 마음을 적신다

고맙고 원망스런
슬픈 곡조로 더욱 슬퍼하며
늪으로 빠지듯 점점 침몰하는
입술에 머무는 쓴웃음을
감히 끌어안다

눈물로 얼룩진 일상들이
억지사랑을 거듭 비웃어도
변함없이 찾아오겠지
내일의 태양이 떠오르듯이
머지않아 또 다시……

*마농의 샘 : 프랑스의 대표 극작가이자 소설가인 마르셀 파뇰의 『마농의
샘』은 남프랑스 에투알 산맥 끝자락에 자리 잡은 작은 마을 레 바스티드
블랑슈를 배경으로, '샘'을 둘러싼 삼대에 걸친 갈등과 애증, 복수와 용서
를 다룬 작품.

그대는 나의 당신

하늘이 열렸다
구름에 날개를 달아볼까

용궁이 보인다
물결을 자장가로 잠재울까

어둡고 어지럽게 흐느적이던
미소가 베갯머리 적시던

흐르는 빗줄기 사이로
무지개는 뜬다

하늘에서도
용궁에서도

무지개 타던 꿈을 이어주는
그대는 나의 당신

토라진 겨울 하늘 끝에서

식탁 옆 문갑 위로 내몰려진
영혼들이 두 뼘이나 널브러져 있고
한 여름 개처럼 혀를 내밀며
책갈피를 토해낸 책이
버린 나를 비웃는다

침침한 눈
번쩍이는 흰 머리카락
물기 빠진 살갗
시끄럽게 돌아가는 냉장고
집 안을 휘젓는 시계소리

방문을 열고 창문을 열고
흐트러진 머리카락 쓸어내리니
아무도 찾지 않는 새벽 바람사이로
가랑비가 내린다
토라진 겨울 하늘 끝에서……

번지 없는 대문

현실은 늘 차갑게 다가온다
시베리아 벌판의 바람처럼
겨울이 지나고 봄이 오는 듯하면
어느새 코끝이 시려오고
귓불 떨어져 나가는 아픔을 몰고 와
여전히 허허벌판 나 홀로 서 있다

이름 없는 풀들이 물오르고
싱그러운 초록이 익어갈 때도
차가운 바람을 헤치며 비켜 갈
틈조차 보이지 않다
번지 없는 대문 앞에 서 있는 나는
여전히 손님이다
손님……

결코 액자만 아니다

달빛에 흔들리는 어두운 거실
온전한 심장을 찾아
바닥을 기어 다니다가

무심코 고개 들어보니
축 늘어진 어깨 아래
식어가는 체온이
거칠게 숨을 쉰다

막혀버렸던 심장과 숨통이
오랜 영화 스크린처럼
벽을 타며 피눈물로 흐르고

달그림자 배회하는
기쁨과 슬픔이 어우러진
내 가슴 속 벽에
결코 액자만 아니다

당신입니다

당신이 사라지고도 멍하니
한참 앉아있습니다

당신입니다
안개가 자욱한 백지 위
흩어진 글자들
만약 내 앞에 기쁨으로 있다면

당신입니다
바람처럼 사라진 상자 속
희미하게 남겨진 점 하나
보이지 않는 슬픔으로 있다면

당신입니다

그렸다 지우고 또 그렸던

숲을 거닐고 싶다
가슴을 파고드는
아카시아 향기 가득한

거울에 비춰진 희미한 눈썹아래
짙은 그림자 드리우니

쓸쓸함이다

빛바랜 사진첩 속
모나리자 소녀가 어느새

미련마저 지우고 싶다
완벽해지려고 발버둥치며
그렸다 지우고 또 그렸던……

그대는 간 곳이 없네

썰매 타는 아이들 함성
정지된 시간에 묶인 채
끝없는 환호성과 더불어
팽이처럼 노닐고
강물 풀려 아이들 돌아올 때
그대는 간 곳이 없네

뒷산 언덕에
눈꽃 축제 한창이며
그칠 줄 모르는 소리
한숨마저 삼키고
손짓하는 아지랑이 그리울 때
그대는 간 곳이 없네

그대 맞을 채비 고이 마치고
강물 풀려 돌아올 때
사뿐히 손잡아 주오리다
아직도 겨울인데
다시금 겨울 오려나
그대는 간 곳이 없네

봄은 왔는가!

앙상한 가지에 어느새
물 오른 싹트임이
독기 품은 마음과 같다

수줍어하다 지쳐
앞 다퉈 뛰쳐나온
봄 초동들이 여기저기 완연하고

다시금 새 생명은 그렇게
의연히 오는가 보다

마지막 목숨 붙잡아 달라고
겨울 내내 처절하게 애원하던
나뭇가지 끝 한 잎
오늘 세상을 떠났다

겨울도 사랑하노라 아무리
목메이게 외쳐도
봄은 그렇게 눈 흘기며 와버린 것을

새 생명 앞에서 어쩔 수 없이
숙연해 지는 시간이
내 앞에 있다

봄은 왔는가!
쓰라린 내 마음에도……

 • • • • • 그 산에 아다지오는 없다

4
지난 날
아픔을
보내고

물 오른 싹들이
가지마다 풍성하게 뻗어
가로등 불빛 따라
창 안으로 들어와
어둠 삼킨 벽을 더듬다가
기진맥진한 세상을 맞아
흥에 겨운 가슴에 묻으면

· · · · 그 산에 아다지오는 없다

초라한 제물로

멍과 상처를 육신에서 떼어내어
시간의 제단 위를
초라한 제물로 거듭
탄생하길 꿈꾸리라

뚝뚝 떨어지는 꽃잎이
계절 앞에 떳떳이 무릎꿇림에
추억마저 빛바랜 날 차라리
까만 망각에 빠지리라

갈등의 늪은 질척질척 고통이
뼛속까지 갉아먹다 해도
사위어 가는 제물이 되어
또 다른 나를 잉태하리라

보이지 않는 밀어
— 시詩

내 나이 열다섯 그 해
무심히 비켜가던 바람
첨으로 너를
품속에 안았다

무념한 눈짓 하나 믿고
거듭 품을 수 있다는 욕심 때문에
쉰둥이 너머도
손을 내밀면
품을 수 있는 줄 알았는데
너를 향한 마음 하나
냉정함에 갈증은 슬픈 노예다

아무도 자국 내지 않은 새벽 내음
너의 방에 청초롬 성수를 뿌리고
나른함을 잠재울 한낮에 꿈틀거리는 사랑
서녘에 물드는 노을로 타버리고 싶은
한밤중 어둠 속에서
미치도록 포옹하고
애무하며 너를 안아보지만

보이지 않는 너와의 밀어는
결국 꿈이었나
사랑을 나눈 자리엔 언제나
쓸쓸히 떨고 있는 나 뿐……

선홍빛 미소 뒤에
　－봉숭아

오므린 꽃잎 사이에
있던 비밀
사랑 맞던가

토담 밑에
쪼그려 앉아
수줍음 감추고

선홍빛 미소 뒤에
붉은 사연 바람 불어
건드려지면

호로록 흩뜨려 놓아
순백 순결을 잃더라도
간직하고픈 당신

도도한 입술 내밀고
수줍게 옆으로 돌아앉아
간직했던 사랑

침묵을 담은 그리움

어둠이 새벽에 잠기면서
아침은 차츰 고요와 적막을 삼키고

능청스레 드러누운 시간이
요단강을 건너 돌아올 때

떠밀려오는 세상의 소음에
침묵을 담은 그리움

어이하여 요단강도
보이지 않는 것일까

어찌하여 보이지 않는 사랑을
꿈꾸고 있는 것일까

차가운 세월

당신의 무관심에
연결된 끈을 푸접 없이
놓아버리고 싶다는 일념에
비참합니다

함께 숨 쉬고 기뻐하다가도
문득 혼자라는 고독이 몰려오면
당신의 뒤와 앞을 가져다가
온통 머릿속을 헤집어 봅니다

변함없는 당신에 반하여
혼자서 안달이 나고
스스로를 가학하면서
어둡고 차가운 밤을 헤맵니다

끝내 거스를 수 없는
당신의 영원함에 굴하며
나약한 내 존재를 허용할 때쯤
또 다른 모습으로 우뚝 서 있습니다

새로운 당신, 아침이 다가오면
밤새도록 투정부리던 나는
당신의 변함없는 영원함을
여전히 사랑할 것 같습니다

그림자 묶기

관심의 무게를 더하고
덜어내는 것을
마음대로 할 수 있다면
갈등의 늪에 빠지진 않을 텐데

사랑하지도 않는
사랑하지 않을 수 없는
혼동을 쓰다듬으며
또 하루를 보낸다

이따금 강아지 물 먹는
소리만 들릴 뿐
하루종일 적막한 집안에
음악과 커피향이 가득하다

지나간 시간을 꺼내
벽과 바닥에 깔고
제 멋대로 흐느적거리는
기억 한 올 한 올 꿰매고

그렇게라도 멈추지 않으면
영혼마저 사라질 시간 속에
묻혀버릴 것 같아
다시 그림자를 묶는다

사람과 사람 사이

사람과 사람 사이엔
끈만 연결되어 있는 줄 알았다
잡고 놓지 않으면
끈을 통해 마음이 섞이고
서로 놓자 마음먹으면
돌아서기 쉬운 줄 알았다

복잡한 골목을 헤매면서
찾고 있던 곳으로 알고
가까이 다가선 그곳은
처음 들어선 골목
다시금 미로가 펼쳐진 믿음은
갈등의 벼랑 끝에 선다

언제나 그렇듯이
고통을 안고 추락한다
얼마나 많은 시간을 보내고
얼마나 많은 눈물이 강물 되면
끊겨진 사람과 사람 사이
끈을 잡을 수 있을까

겨울 창가에서

집 밖으로 나서야만
차가운 바람을 느끼는 것은 아니다

외출해서 돌아온 옷가지들
밝은 햇살 뒤의 그림자
길가에 뒹굴어 찢겨진 낙엽
제철 맞은 붕어빵 아주머니의 손가락

기우는 하루의 끝자락에 선
내 코끝에도 겨울 바람 머물고 있다
코끝의 차가움은 서서히 흘러내려
예리한 바늘로 박히어 심장을 찌른다

아프기보다 차라리 시원한 것은
어쩌면 응어리의 아픔보다
포기한 뒤의 안식 때문일까

모순 그리고 모순

한낮 예절과 인내를
어둠이 가져가면
온 몸을 칭칭 감았던
가면의 옷을 벗는다

한낮의 페르조나*가
어둠으로 꼬리를 감추고
내 안의 본성이
춤을 추기 시작하면

소유하지 않는 사랑은
거칠게 뒤틀리다가
소유할 수밖에 없는 사랑으로
내 안에 잠긴다

*페르조나(Personas) : 고대 그리스의 연극에서 배우들이 쓰던 가면.
 실상이 아닌 가상을 말한다.

보이지 않는 돌

보도블록 사이로
빗물이 흐른다
시간은 가버렸다

힘겹게 내딛는 발자국마다
깊게 패인 자존심에 고이는
너와 나의 거리

찢겨진 가슴 속으로
바람이 지나간다
믿음은 사라졌다

바람이 불 때마다 흐트러지고
비가 내릴 때마다 찢기어
허허 웃고 있는 판토마임*

*판토마임(Pantomime) : '팬터마임'. 대사 없이 표정과 몸짓만으로
내용을 전달하는 연극.

그래도 서 있어야 한다면

앉아 있어야 할 내 그림자가
서 있습니다

푹푹 접었습니다
앉고 싶어서……

죽어간 어제 아쉽지 않고
가버릴 오늘 잊을 수 있을까

잊혀져 우울하고
무관심해서 행복할지 몰라도

그림자를 접어보겠습니다.
눕고 싶어서……

어차피 안절부절 못할 나를
조금은 위로할 수 있을까

그래도 서 있어야 한다면
서 있겠습니다
썩은 발목 잘라내고서라도

차라리 종이 되어

어두움이 밤을 삼키고
밝음을 펼치려다
생채기 입은 온갖 생각이
동녘 언저리를 맴돈다

캄캄한 질곡엔 죽은 듯
눈 감으리라
차라리 잠충이 종이 되어……

죽을 곳을 찾아
둥지 나선 짐승처럼
육신을 떠난 혼백이
새벽 단상에 멈춘다

해 떠오르기 전에
혼백을 가두리리라
차라리 육신의 종이 되어……

어지러움

아무 일 없을 강물 위에

그림자 벗어 놓고

물 안을 들여다본다

물 위 내 껍데기는

언제나 그대로이나

내 안 깊숙이 박혀 있는

검붉은 어지러움이

강 밑바닥에 흐트러져 있다

아름다운 틈새

비 오는 날
가슴 저린 까닭이 없다
깊으면 깊을수록
많으면 많을수록
목마른 시선이 서럽지만
아름다운 틈새는 있다

비 오는 날이면
가슴 아린 핑계가 없다

묶으면 묶을수록
누르면 누를수록
자유로운 질곡이 미쳐가는
아름다운 틈새는 있다

서글프다고
미쳤다고
아름답지 못할 까닭은 없다
그 작은 틈새에서도

은행을 터는 사람들

은행을 터는 사람들
은행나무보다 질기다
작년에도 올해도
사정없이 때린다. 나뭇가지를

매를 맞으면 더욱 힘이 솟는지
꿋꿋하다
숨 막히는 매연에도
터질 것 같은 소음에도
끊임없는 매질에도
거듭 태어난다

은행을 터는 사람들
돈을 맡기는 사람보다 질기다
작년에도 올해도
거침없이 무시한다. CCR TV를

화면에서의 숨바꼭질이 재미있는지
도둑질은 굳세다
도망가고
뒤를 쫓고
보일 듯 말 듯……

詩에게 묻는다

습작노트에서 뒹구는 것들은 글자다

그제까지 詩로써 위로 받던 것들이
철저히 소외되어 팽개쳐져 있다

혼란스레 붉은 불빛 아래
길손을 초객하는 헌 여인처럼
오늘 글자들은 마지못한 넝마다

도도하게 지나가는 다른 여인의 입가에서
차가운 바람소리가 새어 나온다

붉은 불빛에 갇힌 입술과
장차게 걸어가는 방둥이

글자와 詩

화려하다는 것은 더 이상
수수하다는 것보다 아름답지 못하다

詩에게 묻는다

입술이 방둥이로 보이는 것에 대하여

슬픈 영화

훤하게 밝아온 여명에 입술과 가슴에 무거운 자물통이 굳게 채워져 있습니다. 당신을 향한 진실이 내 안에 그 대로 있는데 열쇠를 쥐고 있는 당신은 노파심의 강에 열쇠를 던졌나요. 차라리 비수가 되어 숨통 막힌 폐부를 갈라 답답함을 쉽게 해 주세요. 차라리 당신의 무심함에 찔린 채 진실의 열쇠를 찾으러 강으로 가겠습니다. 피로 물든 강물은 후덥지근한 가슴을 조금이나마 씻어줄 수 있으니…… 너무 깊어 보이지 않을 거란 말은 하지 말아주세요. 얕은 가슴만 보고 있는 당신에게 과연 머무를 곳이 있을까! 얼룩진 유리창을 두드리고 찢겨진 마음을 적시는 비가 내리는 이런 날. 당신과 나의 이야기는 끝나지 않은 슬픈 영화입니다.

플라스틱 통에 담긴 꽃

젊은이들에게 가을은 예쁜 수채화와 노파심 짙은 계절이지만 곧 쉰둥이 될 내겐 기우는 태양이 주는 서글픈 노을로 다가온다. 슬픈 동화처럼 스쳐 지나간 여러 추억을 가슴에 묻고 이제는 높은 하늘마저 나를 버린 것을 내 탓이려니 회환에 통곡한다. 시장 다녀오는 길에 마주친 플라스틱 통마다 담겨진 꽃에도 어디선가 날아든 검고 알록달록한 나비 한 마리. 외롭지만 의연하게 가슴에 묻어 둔 사랑을 찾는데…… 나는 꽃이 아니고 싶다. 어차피 마지못한 목숨. 아름다운 자태를 뽐낼 수 있다 하여도 의지와 행위를 피우지 못할 꽃이라면 차라리 꽃이기를 거부하고 싶다. 플라스틱 통과 가지가 잘린 꽃들의 숨겨둔 아픔은 내 어두운 그림자.

신이시여!

신이시여!
비참할 만큼 생의 방향을 잃고
어둠속 마귀들과 거래하는
우리 인간들을 구원하소서

신이시여!
하늘과 땅도 우는 우리들의 모든 죄악을
좀 더 많이 너그럽게 감싸주어
평정을 주소서

신이시여!
따사로운 봄볕으로 싹틔우는
새싹의 순간을 아주 기꺼이
부여해 주소서

신이시여!
이 세상 구석구석 뿌리 내린
흔한 사악함을 당신의 미소로
거두어 주소서

그리고 여기 이 사람
그 염원으로 응답을 기다리며
당신 앞에 섰습니다

지난 날 아픔을 보내고

은은한 첼로 선율이
불 꺼진 거실 소파에 걸터앉아
빨간 허브차를 마신다

물 오른 싹들이
가지마다 풍성하게 뻗어
가로등 불빛 따라 창 안으로 들어와
어둠 삼킨 벽을 더듬다가
기진맥진한 세상을 맞아
흥에 겨운 가슴에 묻으면

잊었던 님 손길 전해져
지난 날 아픔을 보내고
이제는 아침이 오려나……

따름과 불복不服

내 안의 나를 거부합니다
주위의 노여움에 반항합니다
세월의 흔적을 증오합니다
헌 옷 아닌 새 옷을 바라봅니다
익어가는 알코올에 정신을 잃습니다
당신의 입술에 교만합니다
앞치마를 던져버립니다
고독한 니코틴을 받아들입니다
죽음이 두렵습니다

내 밖의 나를 인정합니다
노여움에 미소 짓습니다
세월의 흔적을 사랑합니다
헌 옷 아닌 새 옷을 외면합니다
익어가는 알코올에 정신을 차립니다
당신의 입술에 겸손합니다
앞치마를 조용히 걸칩니다
고독한 니코틴을 밀어냅니다
죽음에 초연합니다

레퀴엠을 듣고 싶다

버려둔 생각을 화려한 아침에 꺼내어
이따금 정지된 시간 위에 뿌리고
어둠의 사슬에 묶인 망자를 사랑하며
바람소리와 함께 시들어가고
허무 같은 것도 쉽게 단정 짓는
바보처럼 누워있고 싶다

빈 술잔을 채우고 또 채우면서
허겁지겁 순간을 삼키는 세월이 되어
행복을 불행으로 오해하고
불행이 행복을 눈치 챌까 두려워하며
웃음을 버리고 눈물을 선택하는
독백의 왕이고 싶다

완벽을 증오하고 위험을 선택하여
때론 질투로 칭칭 감아서
승리를 배신하고 패배를 인정하며
의지는 버리고 본성에 끌려가더라도
저고리에 청바지를 입고
일방통행을 거꾸로 가고 싶다

가장 아꼈던 찻잔을 대담하게 깨트려
그 조각조각에 어눌한 어제와 오늘을 담고
증오를 삼켜버린 도시를 질주하다
도로가 아닌 강으로 차를 몰아
이미 행복한 죽음을 바라보며
레퀴엠을 듣고 싶다

나의 올케

뭔가 불안한 마음이 날 누르고 있음을 느꼈다. 잠을 설치고 새벽을 맞이하면서 거실에서 부엌으로 얼마나 왔다갔다했던가! 전화선을 타고 이별을 고한 또 하나의 소리. 한 생명의 끈이 끊겼다. '형님. 어떻게 해요. 어떻게 하죠? 애들은……' 물이 차서 자꾸만 부풀어 오르는 배를 꾹꾹 누르면서 여전히 죽음을 인정하지 않으려는 목소리로 그렇게 뇌까리던 것이 바로 엊그제였는데 운명했다는 전화를 받고 정성스럽게 곱게 화장을 했다. 눈물로 지워진 얼굴에 거듭 분을 바르면서…… 아무 것도 할 수 없었던 시누이였지만 이제껏 가장 아름답고 화려한 모습으로 마지막 이별을 고하고 싶다. 내 조카의 엄마. 내 동생의 아내, 내 부모의 며느리. 그리고 나의 올케……

군중 속에 갇힌 자아
- 안정라 시집 『그 산에 아디지오는 없다』에서

이만재
(시인 · 문학평론가)

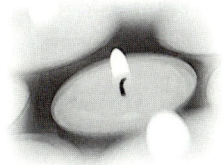

흔히 철학에서 말하는, 도덕적道德的 자유自由는 선택된 도덕적 신념에 순응하여 행위하는 자유를 뜻한다. 예컨대 도덕적인 사고思考에 처했을 때, 누구나 때때로 개인적인 이상을 향해 참신하고 자유로이 활동하고 있다고 느낀다. 그리고 자신은 자신의 이상적 자아와 매우 흡사한 자아를 형성하는 능력을 지닌 행위자行爲者임을 감지한다. 개인은 주관적인 내성內省에 의해서만 자신을 드러낸다. 이런 인식은 도덕적으로 중요한 상황에서 직접적인 직관直觀에 근거한다. 따라서 개인이 확정할 수 있는 유일한 자유란, 자기 자신의 자유이다. 그래서 도덕적 자유를 '내성적內省的 자유' 또는 '직관적

直觀的 자유'라고도 한다.

　인간은 누구나 사고하고 반성하여 통찰通察하고 자각自覺할 수 있는 능력을 지녔다. 인간의 행위와 선택이, 욕구, 습관, 신념 또는 의식이나 자각도 못했던 일들, 환경의 어떤 측면에 부딪혀서 유래하는 것이라면, 인간은 부자유不自由하다. 인간은 자기 내외內外의 상황에 대한 통찰과 자각에 의해 행위하고 선택하는 만큼만 자유롭다. 이런 사고思考과정을 통해서 자기 지향적이 되는 그 자체가 원인적인 과정이며 동적인 통찰 및 자각과정인 셈이다.

　시인 안정라로부터 100여 편의 시작품을 건네받아 면면이 검토하면서, 한 인간이 지닌 사념의 골이 이렇게 깊고도 넓어, 마치 망망대해 절망切望 속에 표류하는, 여리고 자닝스런 생명을 바라보는 것 같다. 전편에 드리운 인간적인 몸부림이 무채색 하늘에 가득 채우고 있는 듯하다.

　① 세월의 강기슭에 서니/멀게만 느껴지던 바다가/어느새 한걸음//다시 가 보세/강물을 거슬러 올라 가/젊은 날의 순정을 찾아//물 위에 그려진 현실과/마지막 사랑 나누려는 몸짓이/내심 사위스러워/차를 몰고 바람을 가른다//다시 가 보세/세월을 거역한 바람을 타고/내 어린 날의 꿈을 찾아서……

　　　　　　　－ 시「내 어린 날의 꿈을 찾아서」의 전문.

② 까칠한 얼굴에 쓸쓸한 미소를 덧칠한/초저녁 하늘에 걸린 달그림자에 숨는다//향수에 젖어드는 발걸음 쫓아/거리를 뒹구는 낙엽도//가을의 끝자락, 겨울 문턱에서/그것들은 모두 수줍음이다

- 시 「수줍은 밀회」의 일부.

③ 불현듯이 야산 기슭에/옛 모습 그대로/호미로 캐낸 감자알을 움켜쥐고/흡족해 하시던 할머니//지금 나는 40년 전 할머니가 삶아주신/분이 곱게 나온 그 맛에 젖어든다

- 시 「할머니의 감자」의 일부.

④ 아무 일 없을 강물 위에//그림자 벗어 놓고//물 안을 들여다본다//물 위 내 껍데기는/언제나 그대로이나//내 안 깊숙이 박혀 있는//검은 어지러움이//강 밑바닥에 흐트러져 있다

- 시 「어지러움」의 전문.

서정시(抒情詩; lyric)는 사색을 통해서 얻어진 개인의 감정을 리듬이나 선율에 얹어 관조적으로 읊는 시로, 주관적이고 내적 표현이라는 점에서, '서사시敍事詩'와 구별된다. 서정시는 대부분 독백 형식으로 표현되는 경향이 짙고, 정렬된 언어와

풍부한 운율미에 의존하며, 줄거리를 갖지 않기 때문에, 그 형식이 짧은 것이 통례다. 본래는 그리스의 하파인 '리라(lyra)'에 맞추어서 개인이 노래한 시를 일컬었으며, 연애나 신神이나 자연에 관한 영탄적인 가락의 단시短詩가 많았다. 서정시의 형태는 고대 그리스 시형詩形에서 기원을 찾을 수 있다. 종교적 정조情操에 바탕을 둔 개인적인 사랑의 노래가 중세 유럽의 시인들에 의해서 나오면서부터 문학적으로 확립되었다.

우리나라의 서정시는 시조에서 비롯하여 한시漢詩 오언절구五言絕句, 칠언절구七言絕句에서 찾을 수 있으며, 신체시를 포함한 거의 모든 순수시형의 현대시가 이에 속한다. 흔히 시에서 서정적 자아가 지니고 있는 대상과의 거리를, '서정적抒情的 긴장緊張'이라고 일컫는다. 이는 긴장의 직접적인 제시, 긴장에 대한 순종과 극복, 긴장에 대한 슬픔의 토로 등에 대하여 시적 자아는 이를 해소하고자 하며, 이 긴장의 해소가 시를 구성하는 중심 내용이 된다. 인용한 시①은 젊은 시절, 세속에 때 묻지 않은 청순했던 과거에로, 그 전원田園의 풍경 속으로 회구하고 싶은 심경을 짜임새 있게 엮은 서정시이다. 시②는 속절없는 계절의 변화를 바라보면서, 그속에 뒹구는 낙엽을 시선을 준다. 왠지 서글프고 그리워지는 고향, 그 그리움이 소녀마냥 수줍음을 품는다. 시③은 옛 시골집을 떠올리며 감자를 캐던 할머니와 그 감자 맛을 회상한다. 시④는 다분히 선시禪詩의 성격을 짙게 띠고 있다. 선경처럼. 물에 드러난 자신의 그림자와 물속에 잠긴 자신의 아픔을 대칭시켜 형상화한 수작이다.

① 밤 사슬에 묶인 어둠이/새벽 기지개에 놀라/안개 속에 숨고//지구 저편 햇살/온몸 힘겹게 일으켜/수줍은 것들에 용기를 주면//뿌연 안개 속에 피어나는/작은 생명 하나 둘//이름 없는 풀포기 하나/여명의 축복 받으며 탄생하는데//지친 이 몸 그 어디에/쉴 곳이 없네

– 시 「내겐 의자가 없다」의 전문.

② 보도블록 사이로/빗물이 흐른다/시간은 가버렸다//힘겹게 내딛는 발자국이다/깊게 패인 자존심에 고이는/너와 나의 거리//찢겨진 가슴 속으로/바람이 지나간다//믿음이 사라졌다//바람이 볼 때마다 흐트러지고/비가 내릴 때마다 찢기어/허허 웃고 있는 판토마임

– 시 「판토마임」의 전문.

③ 밤은 무섭게 간사하지만/어둠의 한가운데에서 그렇게/자신에게 솔직할 수 있는 시간이 있을까//…중략…//내 안을 바라본다/밤에 밤이 할 수 있는 것/자신을 사랑하고 배신하고/은수자처럼 밤을 키우면서

–시 「은수자」의 일부.

④ 중독이다. 기쁘거나 슬프거나 평안하거나 불행하거나
습관처럼 아무도 깨어있지 않은 밤마다 향초 켜고 숨죽
인 공기를 따라 움직이는 촛불을 바라보는 것, 새벽부터
또 다른 새벽까지 커피를 마시는 것, 아픈 기억을 되씹으
면서 또 다시 추억을 그리워하는 것…… 모두 중독이다

- 산문시 「중독」의 일부.

덴마크의 철학자 키에르 케고르는 절망에 대하여 다음과
같이 말했다. '…… 절망은 죽음에 이르는 병이다. 자기의
집인 이 병은 영원히 죽는 것이며, 죽어야 할 것이면서 죽
어지지 않는 것이다. 그리고 죽음을 주는 일이다. …… 가
장 아름다운 행복 속에도 절망은 둥지를 틀고 있으며 모든
노력과 수고의 배후에는 정신적인 절망에의 짐이 더해가고
있을 뿐이다.' 그리고 영국속담에, '아무 것도 기대하지 않
는 사람은 행복하다. 실망하는 일이 없기 때문이다.'라는
의미는 절망을 일탈함으로써 행복할 수 있다는 역설인 셈
이다.

시①은 풍전등화風前燈火처럼 불안과 초조에 사로잡혀 좌
불안석坐不安席이다. 지칠 대로 지쳤으나 위안과 평화는 없이
고통만 뒤따른다. 시②는 알량한 자존심마저 사라졌고 신뢰
심마저 잃고서 텅 빈 공간에 혼자서 웃는 팬터마임(Panto-
mime), 대사도 없이 표정과 몸짓으로만 내용을 전달하는 일

인극의 배우처럼 자신의 입장을 비유하고 있다. 시③에서 화자의 밤은 외롭고 무섭고 괴롭다. 그래서 자신을 학대하면서 달랜다. 마치 은둔생활을 하면서 수도하는 은수자隱修者처럼. 시④는 밤마다 잠을 들지 못하는 고통이 불면의 중독이 되어있음을 읊는다.

① 꿈이 없습니다/자유 역시 없습니다//반항할 수 없습니다/존재를 숨길 수 없습니다//가슴이 없습니다/사랑 역시 없습니다//가끔 기대어 쉴 곳 없습니다/혼자 설 수 없습니다//처음 다가왔던 그 사람은 이미/흘러간 시간일 뿐입니다

- 시 「흘러간 시간일 뿐입니다」의 전문.

② 이름 없는 풀들이 물오르고/싱그러운 초록이 익어갈 때도/차가운 바람을 헤치며 비켜 갈/틈조차 보이지 않다/번지 없는 대문 앞에 서 있는 나는/여전히 손님이다/손님……

- 시 「번지 없는 대문」의 일부.

③ 화폭에 덧칠한 수많은 순간/어제 시들어간 가녀린 이파리들/생명이 다하는 허무로 무지를 잠재우고/수많은 영혼이 방황하는 거리로/어설픈 외로움이 나를 부르

면//베일에 가려진 우리들의 에트랑제/흥얼거리며 걷는
돈데 보이

- 시 「어디로 가야 하나」의 전문.

④ 홀로 슬프고 가슴 저려/흐느적 사위어 버릴지/기대
고 부비다 상처를 입을지//억울한 서러움을 녹여주고/
같은 무늬로 함께 어우러져/어리석음이 드러나지 않을/
파랑새가 그립다

- 시 「파랑새가 그립다」의 일부.

하이데거는 그의 저서 『존재와 시간』에서, '세계-내-존재
로서의 운명적인 현존재가 본질적으로 타자他者와의 공동존
재 속에 실존實存한다면, 그의 사건은 공동사건이며 또 운명
으로서 규정된다.

이로써 '우리는 공동체와 민족의 운명을 특징지울 수 있
다' 라고, 그의 후기용어인 '존재역운(seinsgeschick)'의 의미
에 비추어 볼 때, 그가 '운명(geschickrhdehdcp)'이라는 표현
을 이와 같은 '민족적' 상관관계에서 도입한다는 사실은 결
코 우연이 아니다. 공동체共同體의 집단적 현존재現存在에 대
한 개인의 현존재의 실존적 우선성이 분명하게 발생한다. 염
려의 구조는 바로 자신의 현존에게서 발생한다. 자신의 가장
고유한 존재능력으로의 '결단성決斷性'은 개인의 문제問題이

다. 개인은 '자신의 세대世代 내에서 그리고 자신의 세대와 함께' 운명적 역운을 경험할 수 있기 위해서는 일단 결단이 서 있어야 한다. 다시 말해 결단하지 못하는 사람은 '운명'을 가질 수 없다고 했다.

인용한 시편들은 심화된 고독을 읊고 있다. 시①은 자신의 상실喪失과 부재에 대한 슬픔을, '없습니다' 라는 시어가 반복된 점층법漸層法으로, 이미지를 강화한 작품으로, 예전 같지 않은 사람의 마음과 의미 없이 흘러간 시간을 개탄하고 있다. 시②는 어디를 가나 깊은 소외감疎外感에 사로잡히는, 언제나 안주할 수 없는 자신의 내면세계內面世界를 선명하게 드러냈다. 주역이 아니라 엑스트라(extra)보다 못한 손님으로. 시③에서 작품의 화자는 우리라는 집단 속에 늘 에트랑제(estranger), 이방인이 되거나 낯선 사람이 되어, 돈데 보이(donde voy)를 부른다고 한다. 돈데 보이란 막막한 사막이 가로막힌 국경을 넘어 미국으로 탈출하는 멕시코인들의 애절한 탈출기가 담긴 노래다. 이렇듯이 화자는 자신을 철저하게 자탄自歎하면서도 비하卑下하고 있다. 시④는 슬프거나 서러움이 없이 서로가 배려하면서 따뜻하게 손을 잡아주는 인간적인 희망希望의 상징인 파랑새를 그리워하며 읊은 작품이다.

이상과 같이 대표적인 몇몇 작품을 살펴보았다. 안정라 시인의 작품들은 외형적으로는 대체로 안정된 형식을 취하여 구조가 단단하다. 체험은 이미지를 만들고 이미지는 상상력에 의해 해체와 결합을 통해 메타포를 만들어내는데, 이 요소들이 잘 갖추어져 있다. 이에 반해 시적 자아인 내면세계는 사막화된 대지처럼 황량하다. 그리고 화자는 그 속에 고독과 함께 전율하고 있다. 그 까닭은 주제의식인 중심사상이 어둡고 무겁다. 형상화된 작품 속에 들어간 화자가 비상구를 찾지 못해 갇혀있는 듯하다. 고독과 불안 그리고 절망에서 벗어나 새로운 정신의 자유를 만들기 위해 인식의 전환과 변화를 끌어내야만 할 것이다.

안정라 시집 『그 산에 아다지오는 없다』가 많은 독자들과 향유하면서, 시학詩學의 새로운 지평이 되었으면 한다. 〈조정이〉